Ingeniería asombrosa

Juguetes

Partición de figuras

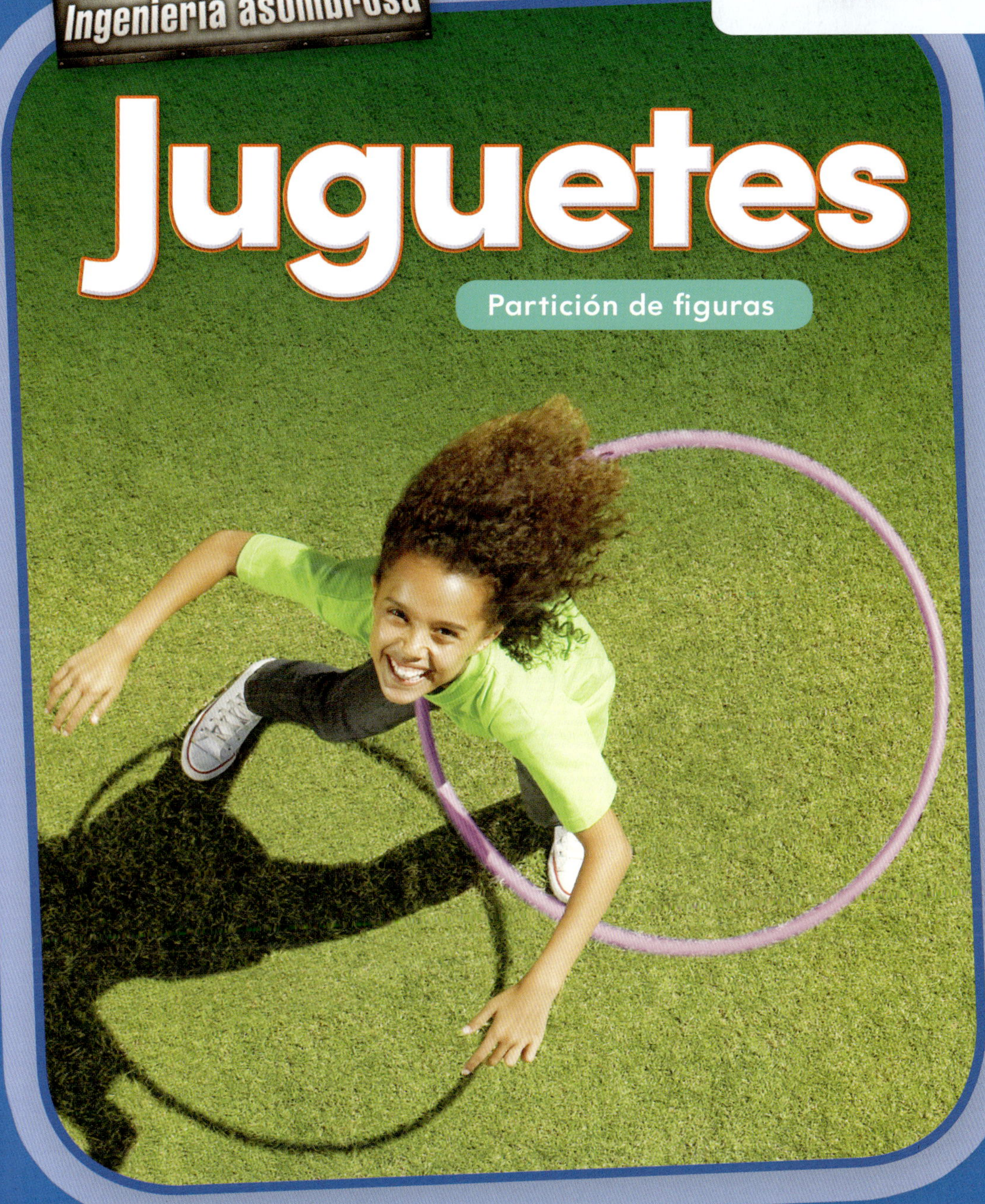

Logan Avery

Asesora

Colene Van Brunt
Educadora de matemáticas
Escuelas Públicas del Condado de Hillsborough

Créditos de publicación

Rachelle Cracchiolo, M.S.Ed., *Editora comercial*
Conni Medina, M.A.Ed., *Redactora jefa*
Dona Herweck Rice, *Realizadora de la serie*
Emily R. Smith, M.A.Ed., *Realizadora de la serie*
Diana Kenney, M.A.Ed., NBCT, *Directora de contenido*
June Kikuchi, *Directora de contenido*
Caroline Gasca, M.S.Ed., *Editora superior*
Susan Daddis, M.A.Ed., *Editora*
Karen Malaska, M.Ed., *Editora*
Sam Morales, M.A., *Editor asociado*
Kevin Panter, *Diseñador gráfico superior*
Jill Malcolm, *Diseñadora gráfica básica*

Créditos de imágenes: pág.9 B2M Productions/Getty Images; págs.16–17 Patti McConville/Alamy; todas las demás imágenes provienen de iStock y/o Shutterstock.

Library of Congress Cataloging-in-Publication Data

Names: Avery, Logan, author.
Title: Juguetes : partici?on de figuras / Logan Avery.
Other titles: Toys. Spanish
Description: Huntington Beach, CA : Teacher Created Materials, 2019. | Series: Ingenieria asombrosa | Includes index. | Audience: K to grade 3. | Identifiers: LCCN 2018055934 (print) | LCCN 2019009627 (ebook) | ISBN 9781425823191 (eBook) | ISBN 9781425828578 | ISBN 9781425828578¬q(pbk.)
Subjects: LCSH: Circle--Juvenile literature. | Shapes--Juvenile literature. | Toys--Juvenile literature. | Geometry, Plane--Juvenile literature.
Classification: LCC QA484 (ebook) | LCC QA484 .A9418 2019 (print) | DDC 516/.152--dc23
LC record available at https://lccn.loc.gov/2018055934

Teacher Created Materials
5301 Oceanus Drive
Huntington Beach, CA 92649-1030
www.tcmpub.com

ISBN 978-1-4258-2857-8

Printed in Malaysia
Thumbprints.23398

Contenido

Juguetería Ciudad Circular

Al Sr. Tan le gustan los juguetes. ¡También le gustan los **círculos**! Abrió la juguetería Ciudad Circular.

Ciudad circular
JUGUETERÍA
107
106
GRAN APERTURA

¡Juguetes!

Ciudad Circular vende juguetes que tienen forma de círculo. Los yoyos son un **éxito** en Ciudad Circular. También los trompos.

¡HAGAMOS MATEMÁTICAS!

El Sr. Tan también vende juegos de mesa que tienen ruletas. Las ruletas son círculos como estos.

A.

C.

B.

D.

1. ¿Qué ruleta muestra mitades?

2. ¿Qué ruleta muestra cuartos?

3. ¿En qué se parecen y en qué se diferencian las ruletas C y D?

Los aros también son **populares**. Deben tener forma de círculo para que puedan **girar**. Algunos compradores los hacen rodar.

Ciudad circular
JUGUETERÍA
Sr. Tan

Hay toda una hilera de tambores en Ciudad Circular. Vienen en todos los tamaños. ¡Hacen mucho ruido!

Al Sr. Tan le gustan los platos de juguete. También le gustan las cacerolas y sartenes. ¡Hay muchos círculos!

Las bicicletas son uno de los juguetes más vendidos en Ciudad Circular. Las bicicletas tienen dos neumáticos con forma de círculo. Los triciclos tienen tres.

¡HAGAMOS MATEMÁTICAS!

Los neumáticos de las bicicletas tienen rayos. Los rayos dividen el espacio dentro de los neumáticos en partes iguales. Dibuja un neumático como este. Dibuja rayos para que el espacio dentro del neumático se divida en cuartos.

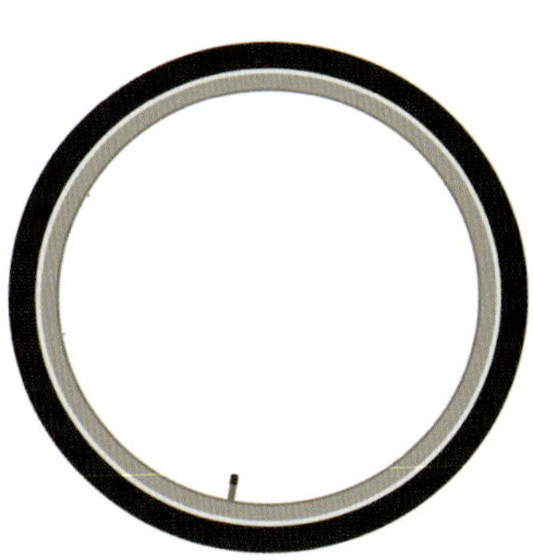

¡Círculos!

El Sr. Tan guarda los discos voladores en estantes.

A los compradores les gusta jugar con ellos en la tienda.

¡Me encantan
los círculos!

A veces, los círculos son difíciles de **detectar**. Pero siempre están allí. ¡El Sr. Tan se asegura de eso!

Resolución de problemas

Érica compró un horno de juguete en Ciudad Circular. ¡Le encanta hornear! Hornea dos pasteles con forma de círculo. Los pasteles tienen el mismo tamaño. Dibuja dos círculos para resolver los problemas.

1. Muestra cómo Érica puede cortar el primer pastel en mitades.

2. Muestra cómo Érica puede cortar el otro pastel en cuartos.

3. ¿Qué le sucede al tamaño de las partes cuando hay más partes iguales en el entero del mismo tamaño?

Glosario

círculos: figuras redondas y cerradas

detectar: descubrir

éxito: que es bien recibido

girar: dar vueltas rápidamente

populares: que les gustan a muchas personas

Índice

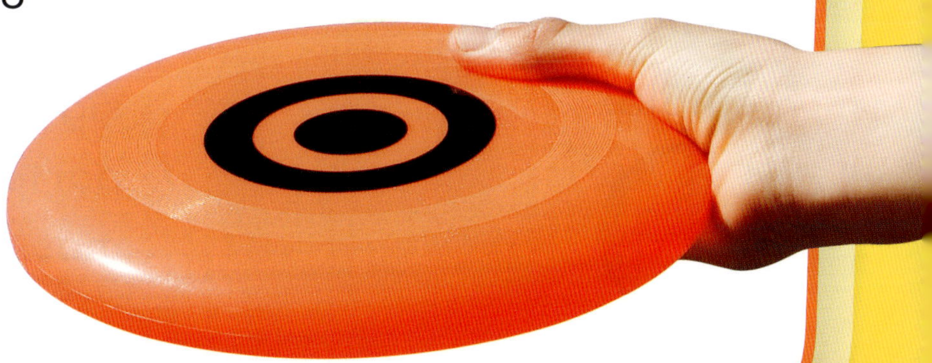

Soluciones

¡Hagamos matemáticas!

página 7:

1. B
2. C
3. Ambas ruletas tienen 4 partes. La ruleta C tiene 4 partes iguales y la ruleta D no.

página 15:

Ejemplo:

Resolución de problemas

1. Ejemplo:

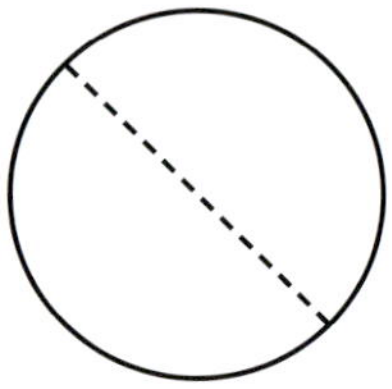

2. Ejemplo:

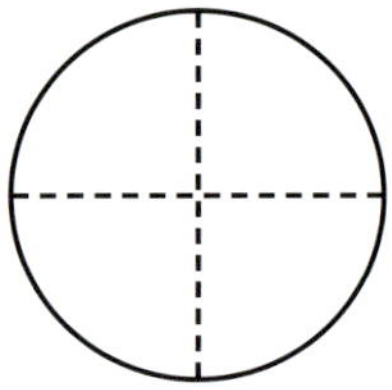

3. Si hay más partes iguales en un entero, significa que las partes deben ser más pequeñas.